texte
CHARLOTTE
moundlic

illustrations
OLIVIER
Tallec

la croûte

Pour Gilles, avec toute mon affection.
C.M.

Les auteurs remercient les parents de Sébastien Pelon
pour l'immense talent dont ils l'ont doté.
C.M. & O.T.

Père Castor • Flammarion

© Père Castor Éditions Flammarion, 2009
87, quai Panhard-et-Levassor – 75647 Paris Cedex 13
www.editions.flammarion.com
ISBN : 978-2-0812-0855-1 - n°d'édition : L.01EJDN000208.C002 – Dépôt légal : mars 2009
Imprimé en Malaisie par Tien Wah Press – 03/2010
Loi n°49-956 du 16 juillet 1949 sur les publications destinées à la jeunesse

Maman est morte ce matin.
Ce n'était pas vraiment ce matin,
papa a dit que c'était pendant la nuit
mais moi, je dormais pendant la nuit,
alors ça ne change rien.
Pour moi, elle est morte ce matin.

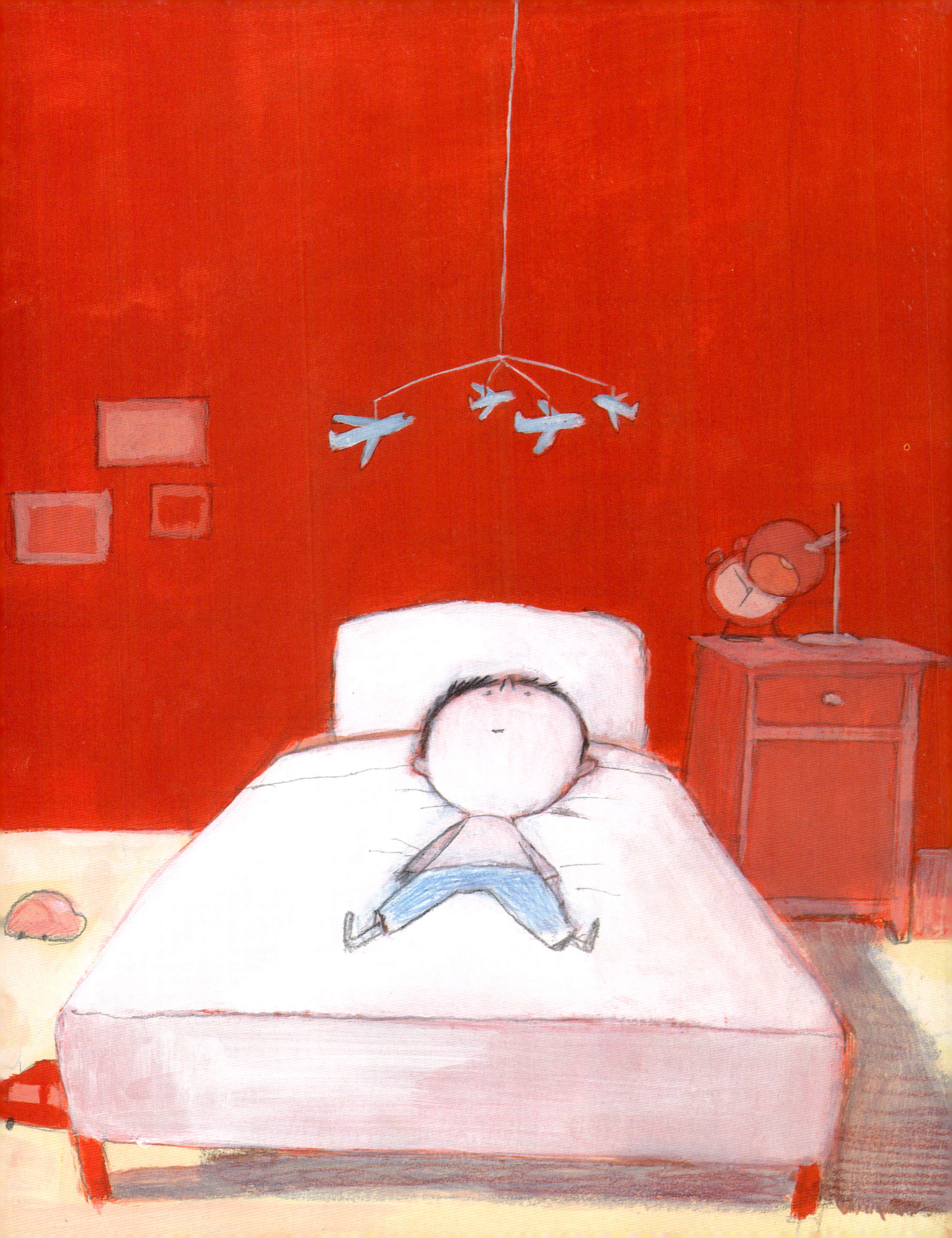

Hier, maman souriait en tout petit dans son lit.
Elle me disait qu'elle m'aimerait toute sa vie
mais qu'elle était trop fatiguée,
que son corps ne savait plus la porter
et qu'elle allait partir pour toujours.
Je lui ai dit qu'elle n'avait qu'à revenir après,
quand elle serait reposée, que je l'attendrais...

Elle a répondu que ce n'était pas possible,
elle ne souriait presque plus et je voyais bien
que ses yeux étaient un peu mouillés. Ça m'a mis en colère
et j'ai crié que puisque c'était comme ça, je ne serai plus jamais son fils,
qu'elle n'avait qu'à pas faire d'enfant si c'était pour partir
avant la fin du troisième trimestre.

Elle a ri... moi, j'ai pleuré, parce que j'ai su que c'était sûrement vrai.

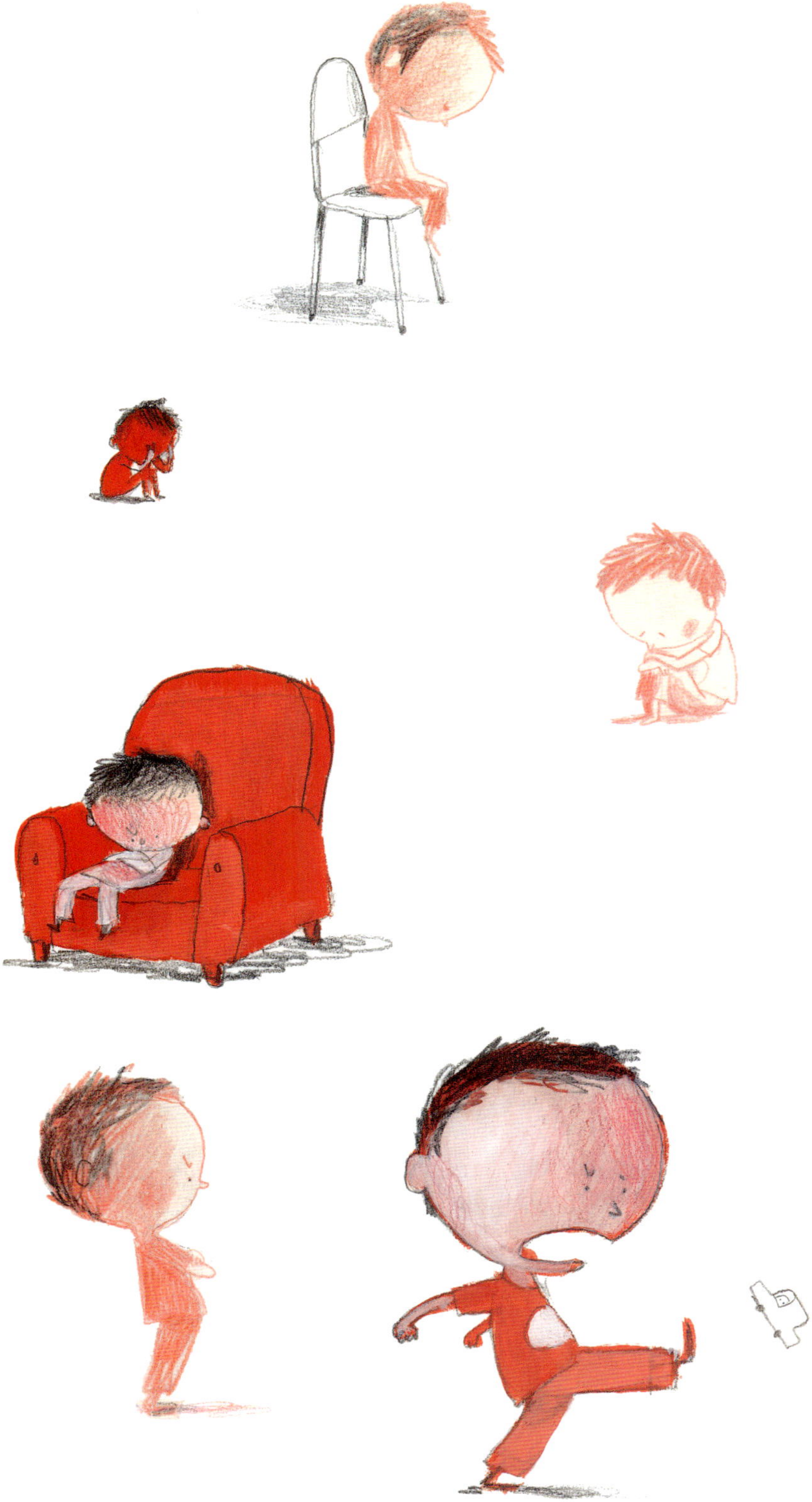

Quand je me suis réveillé, tout était calme,
ça ne sentait pas le café et personne ne criait dans la radio.
J'ai entendu une voix qui demandait : « C'est toi, lapin ? »
J'ai vraiment trouvé ça bête comme question.
Parce que, à part maman, qui ne peut plus se lever, et papa,
mais c'est lui qui parlait, il n'y a que moi dans cette maison.
J'ai répondu : « Non, non, c'est pas moi », c'était plutôt marrant
comme blague, parce que c'était sûr que c'était moi.
J'étais assez content mais j'ai vu que papa ne riait pas,
il souriait en tout petit lui aussi, il a dit : « C'est fini »
et j'ai fait comme si je n'avais pas compris.

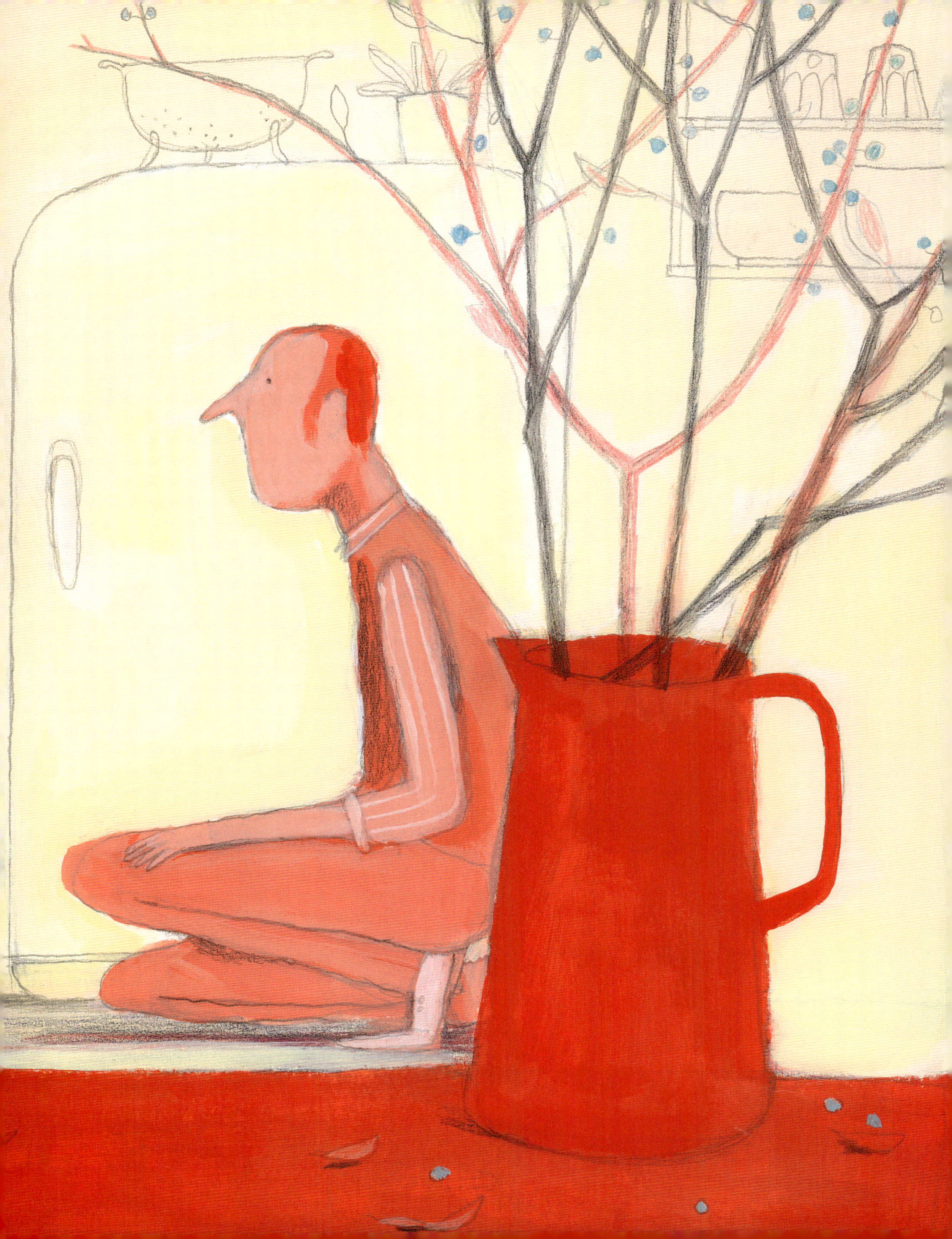

Papa m'a dit : « Elle est partie pour toujours. »
Je sais qu'elle n'est pas partie, elle est morte et je ne la verrai plus,
on va la mettre dans une boîte et puis dans la terre
où elle se transformera en petite poussière.
Tout le monde sera gentil avec moi
et personne ne me dira que c'est pour la vie.
Je sais très bien que mourir, ça veut dire qu'on ne vivra plus jamais.

« Puisque c'est comme ça, bon débarras », j'ai crié à papa.
C'est nul de nous laisser comme ça, et pas très malin :
comment il va faire papa pour me préparer mon petit pain
coupé en deux avec le miel étalé en zigzag ?
Je suis sûr qu'elle ne lui a pas expliqué et moi, ça va m'énerver
mais on ne pourra rien y faire...
Elle aurait quand même pu lui montrer avant de mourir,
il ne va pas s'en sortir.

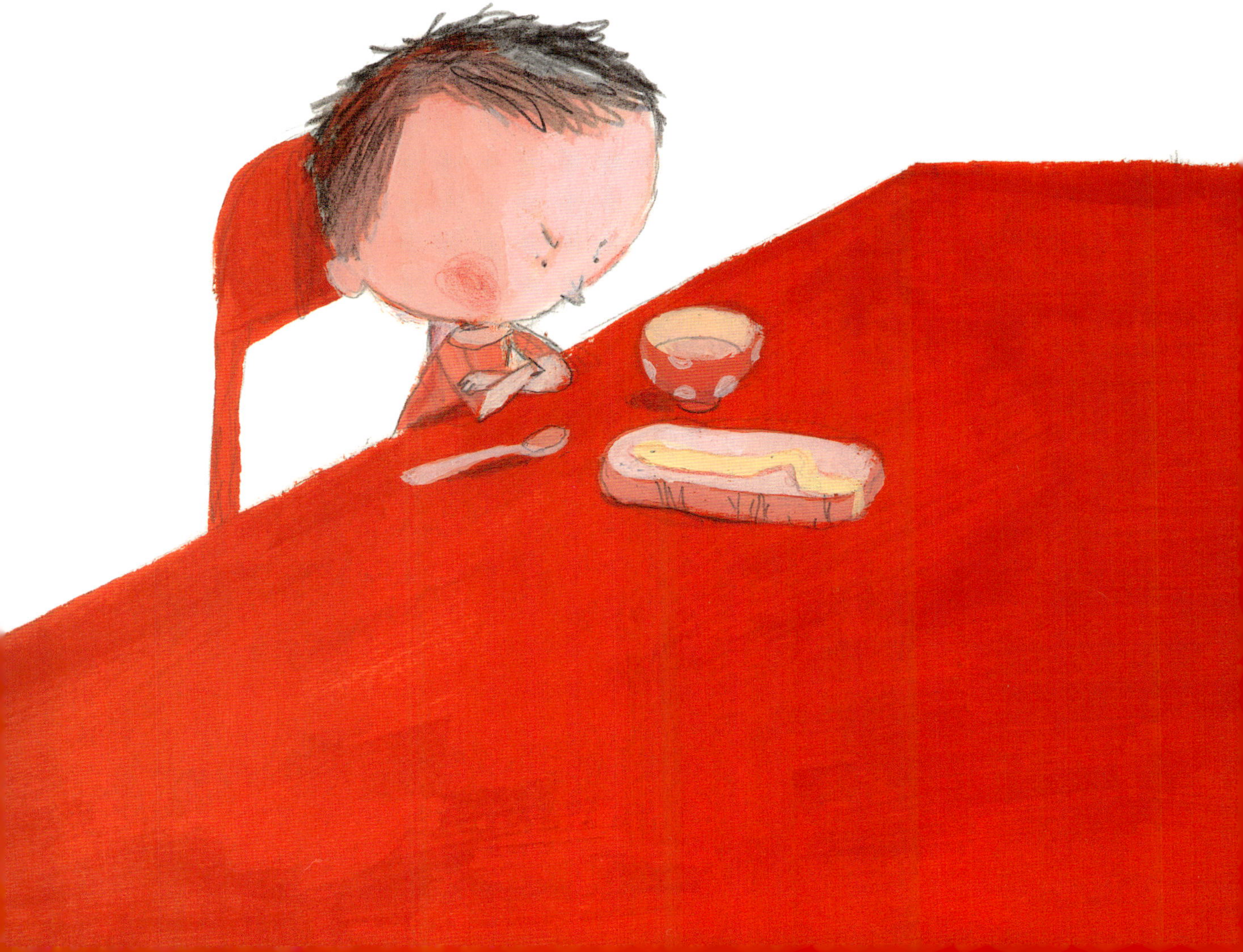

Heureusement que je suis là, pour lui expliquer tout ça à papa.
Je lui ai dit : « Ne t'inquiète pas, je vais bien m'occuper de toi. »
Et j'ai un peu pleuré parce que je ne sais pas trop bien
comment on prend soin d'un papa abandonné comme ça,
je sais bien qu'il a pleuré, on dirait presque un gant de toilette,
il est tout froissé avec des petites gouttes qui coulent un peu partout.
Je n'aime pas trop voir pleurer papa.

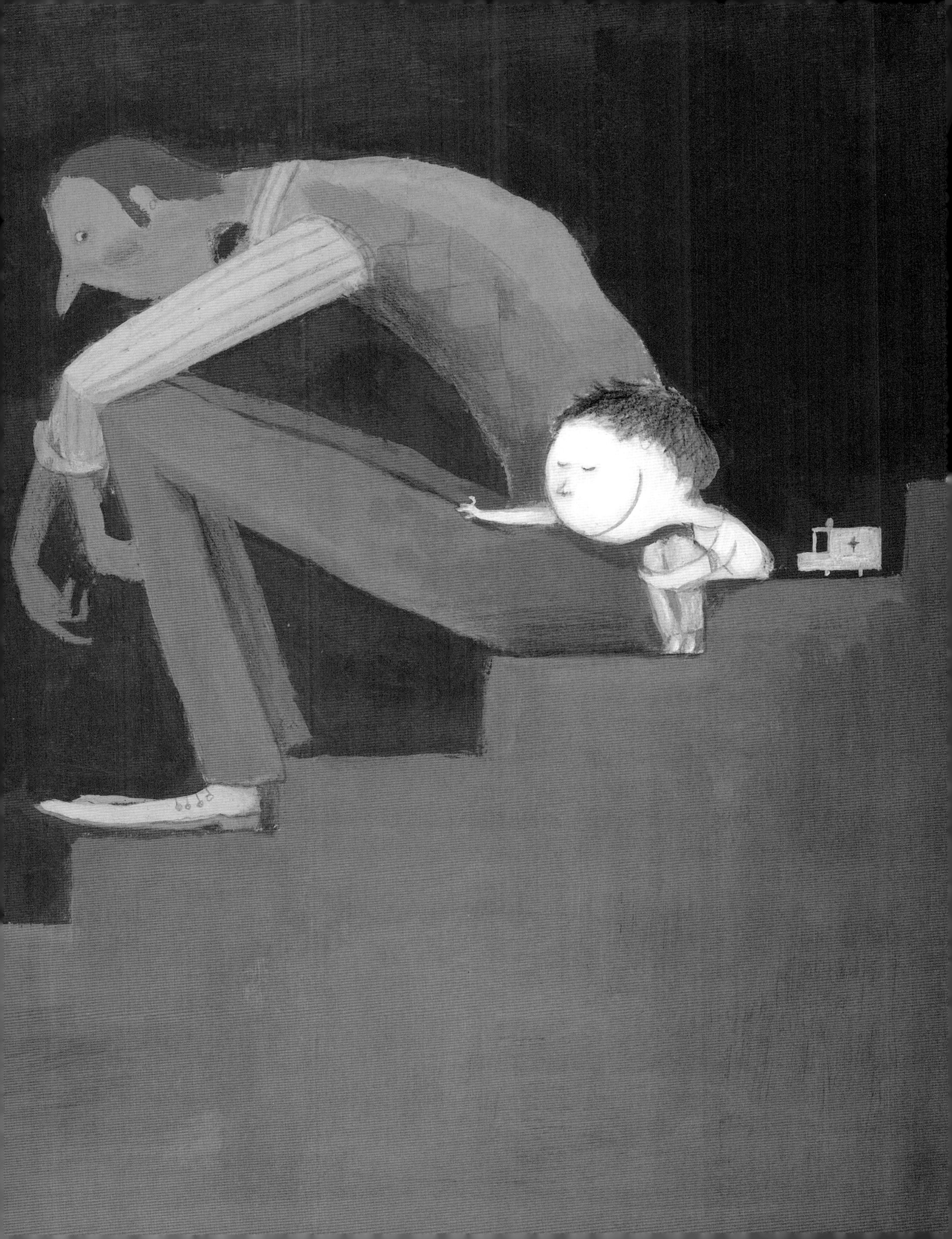

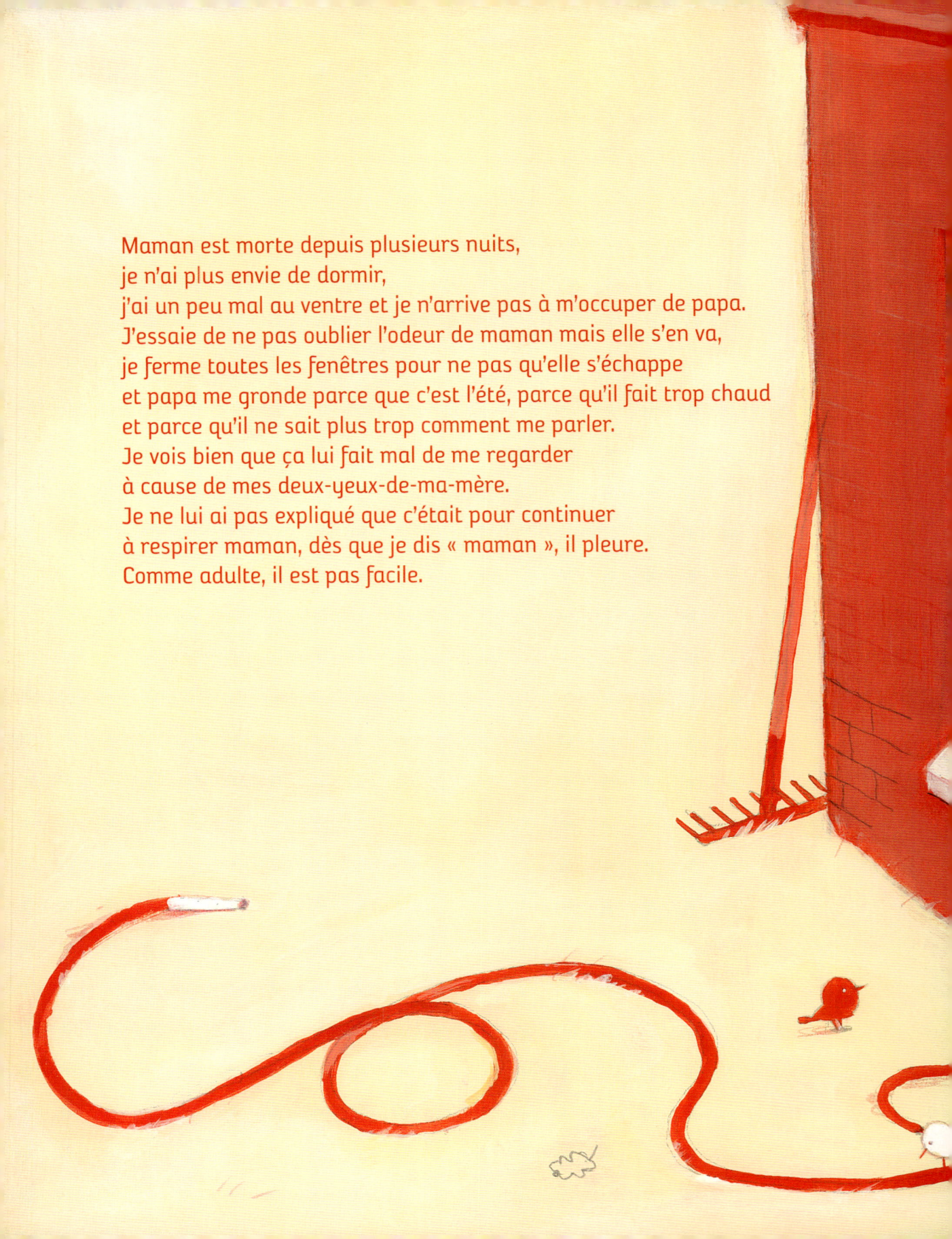

Maman est morte depuis plusieurs nuits,
je n'ai plus envie de dormir,
j'ai un peu mal au ventre et je n'arrive pas à m'occuper de papa.
J'essaie de ne pas oublier l'odeur de maman mais elle s'en va,
je ferme toutes les fenêtres pour ne pas qu'elle s'échappe
et papa me gronde parce que c'est l'été, parce qu'il fait trop chaud
et parce qu'il ne sait plus trop comment me parler.
Je vois bien que ça lui fait mal de me regarder
à cause de mes deux-yeux-de-ma-mère.
Je ne lui ai pas expliqué que c'était pour continuer
à respirer maman, dès que je dis « maman », il pleure.
Comme adulte, il est pas facile.

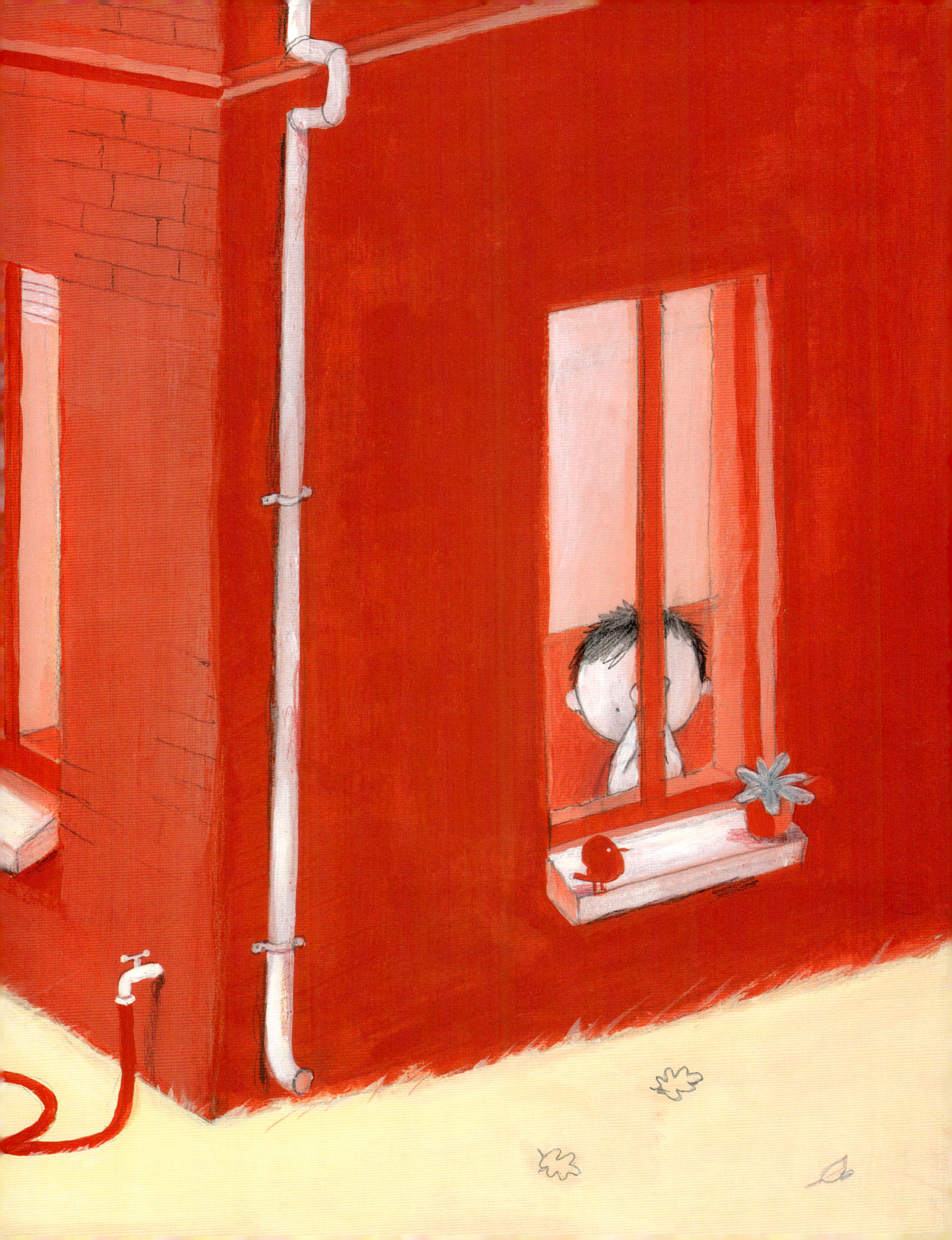

C'est pas grave qu'il ne sache plus vraiment bien me parler.
De toutes les manières, je ne dois pas trop écouter de choses.
Parce que j'ai peur d'effacer la voix de maman.
Alors, je me bouche les oreilles et je ferme la bouche pour la garder.
Mais pas le nez car il faut quand même que je puisse respirer.

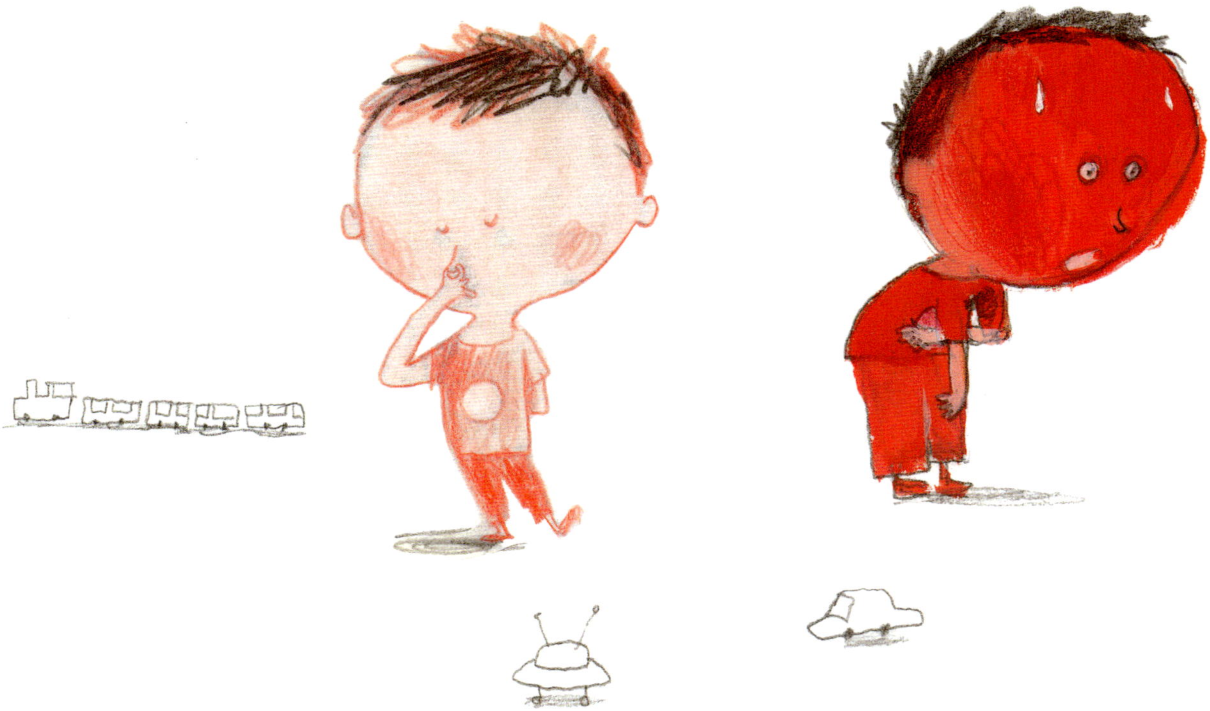

Dès que je me fais mal, je l'entends qui me dit tout doucement :
« C'est rien, mon petit homme, tu es si beau
qu'il ne peut rien t'arriver de moche.
Tu es si fort que rien ne peut te faire du mal. »
Je ferme les yeux et elle m'ouvre ses bras et la douleur part comme ça.

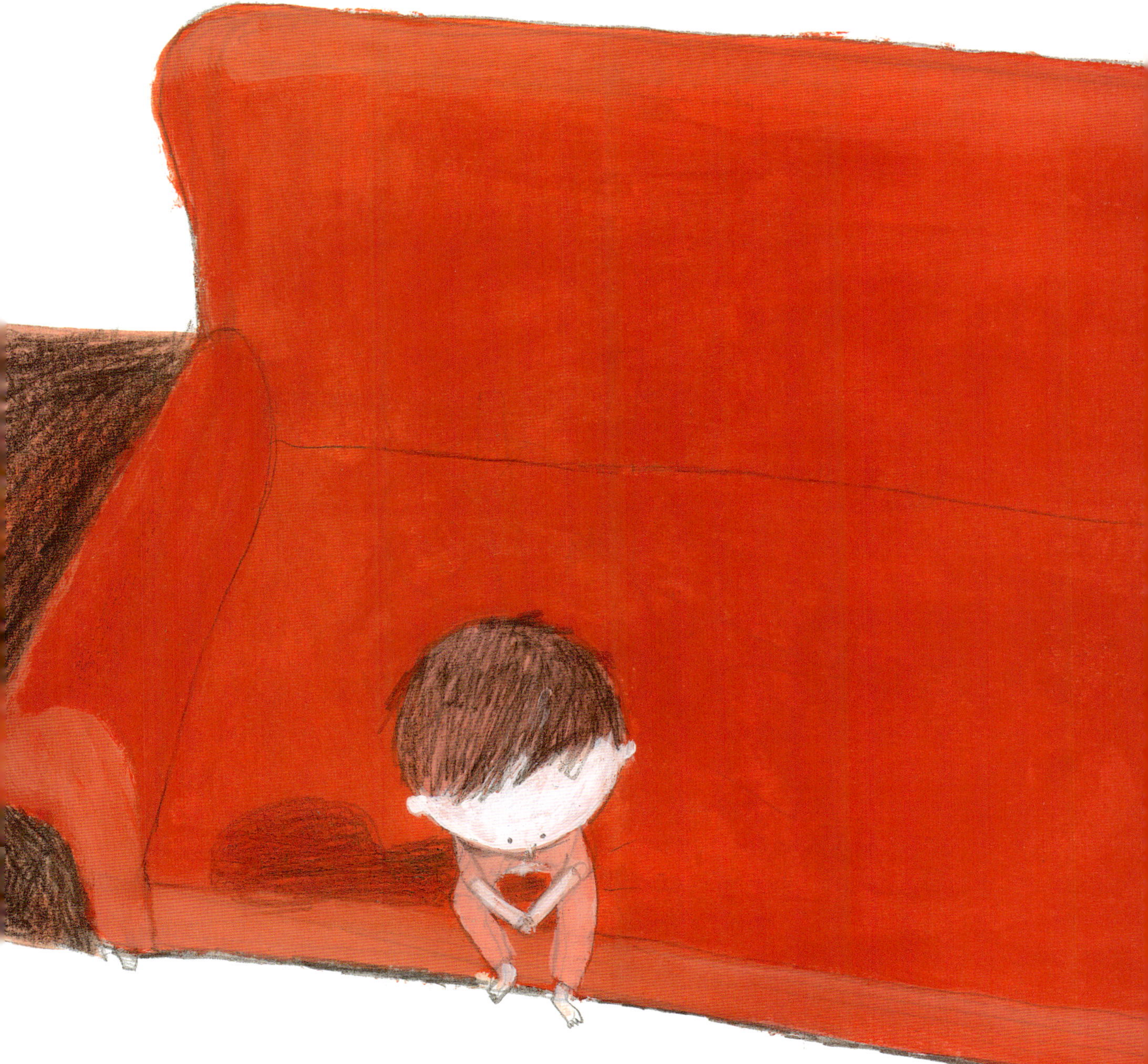

Hier, je suis tombé en courant sur le mur coupant du jardin,
j'ai une sacrée écorchure sur le genou, c'est pas joli-joli,
mais je l'ai entendue, la voix de maman.
Alors ça m'a fait du bien d'avoir mal.
J'attends que la petite croûte se forme et je la gratte
avec le bout de mon ongle pour que l'écorchure s'ouvre à nouveau
et que le sang revienne.
J'ai un peu mal et j'essaye de ne pas pleurer.
Je me dis que tant que le sang coulera, je garderai la voix.
Comme ça je suis un peu moins triste.

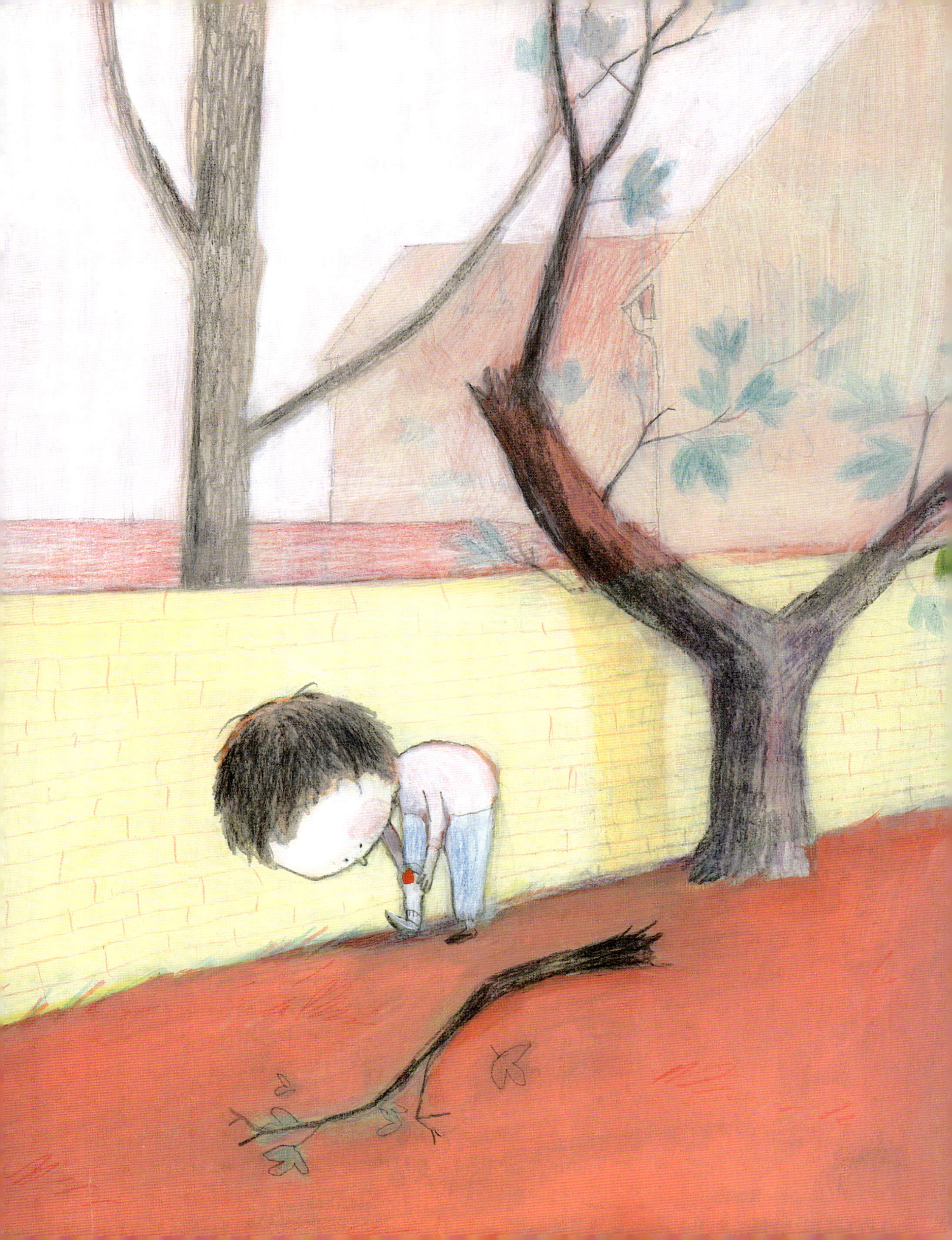

Ce matin, papa a dit que mamie venait.
Je suis un peu ennuyé.
Mamie, c'est la maman de maman,
ça va me faire deux adultes tristes à m'occuper...
En plus, maintenant, j'ai ma croûte.
Je ne sais pas si je vais y arriver.

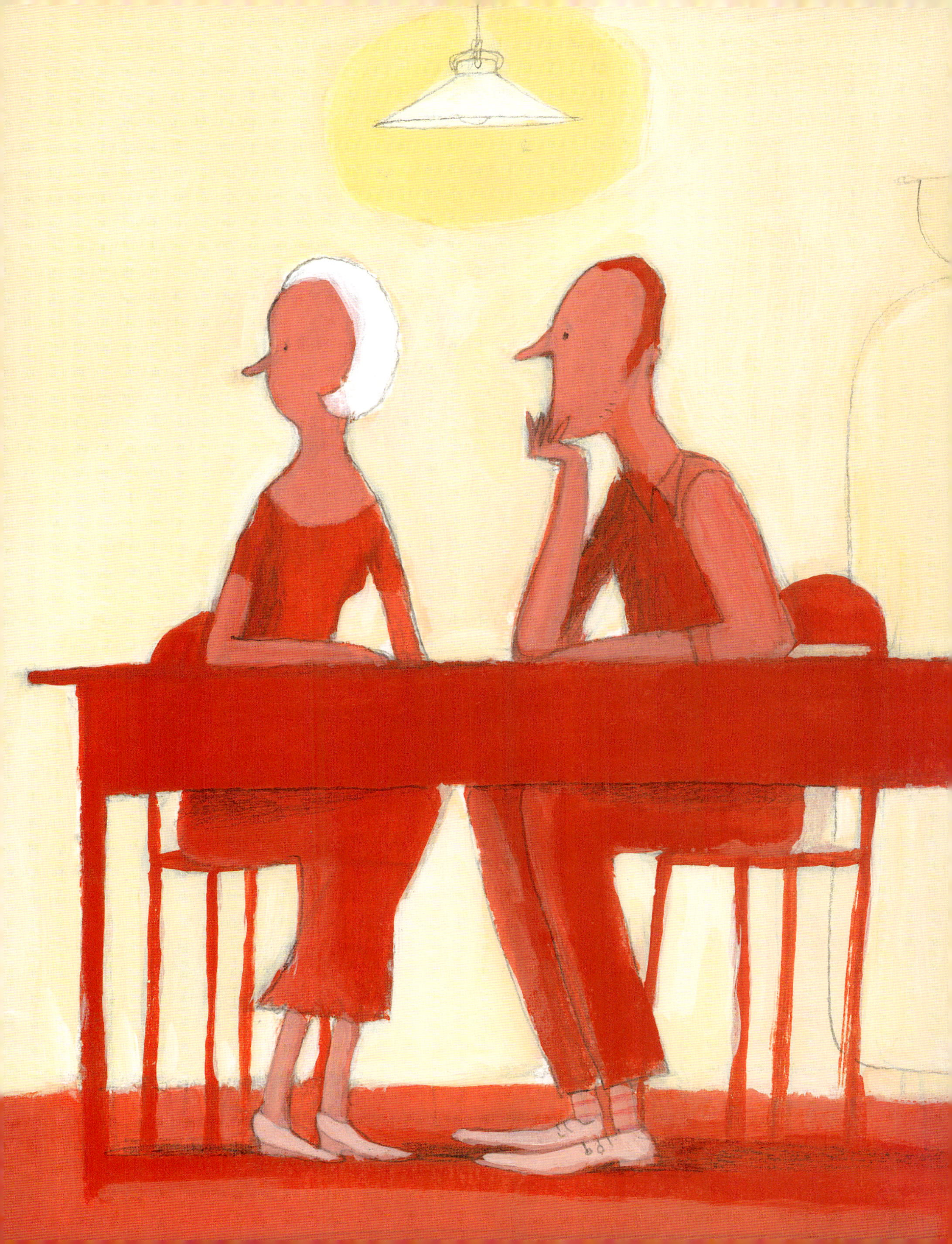

Ça y est, mamie est là, chez nous,
elle ne bouge pas et regarde partout
comme si elle cherchait quelque chose ou quelqu'un.
Puis, elle s'agite, fait des bisous et se précipite
pour ouvrir les fenêtres en grand.
« Il fait une chaleur à crever dans cette maison.
On va tous étouffer… », dit-elle.

Et là, c'est trop pour moi, je hurle, je pleure et je crie :
« Non ! N'ouvre pas, maman va s'en aller pour de bon… »
Et puis je tombe et les larmes coulent, coulent sans s'arrêter,
je ne peux rien y faire et je me sens très fatigué.

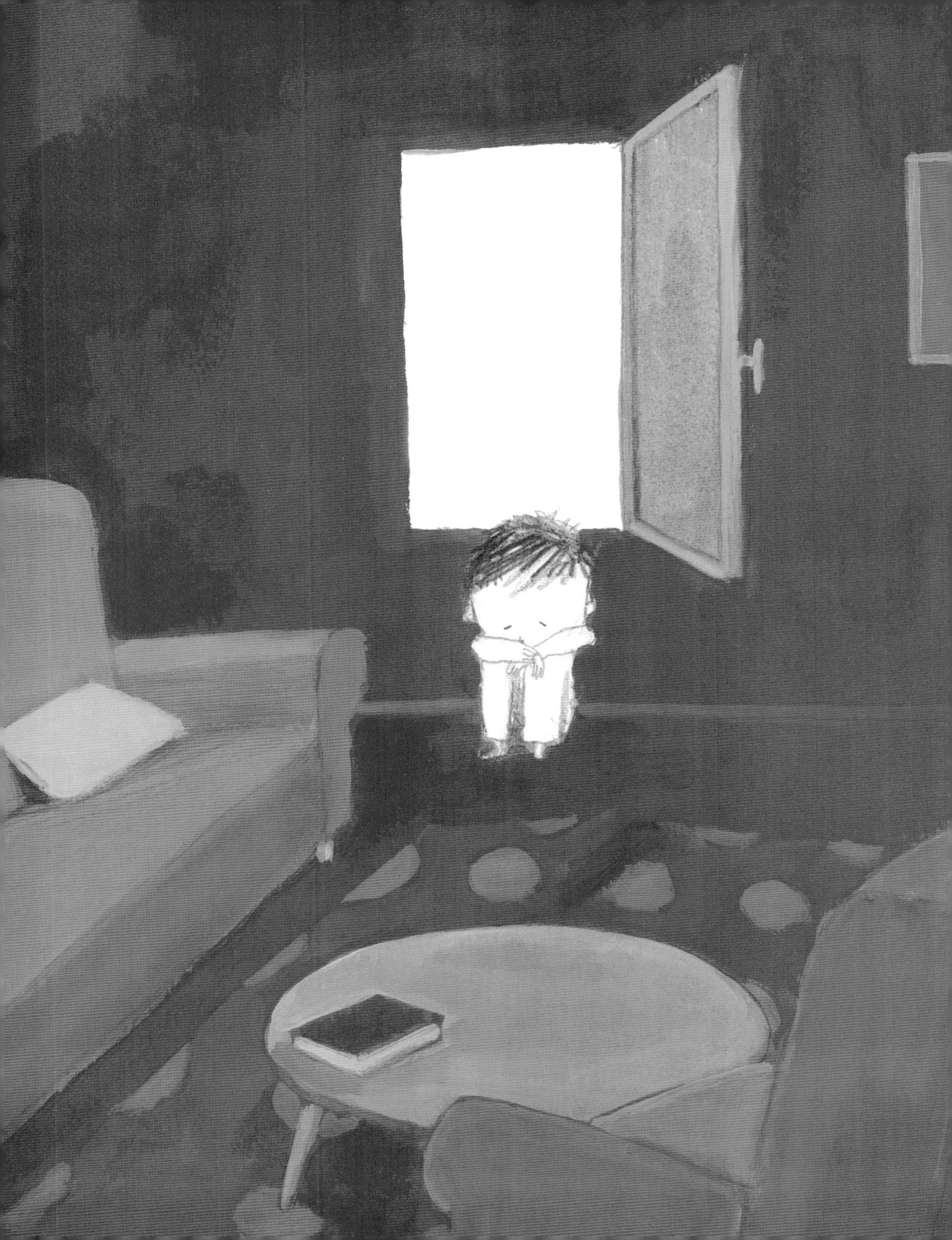

J'ai peur que mamie me prenne pour un toqué.
Mais pas du tout, elle vient près de moi, m'ouvre ses bras
et pose sa main, puis la mienne, sur mon cœur :
« Elle est juste là, dit-elle, au creux de toi, et elle ne partira pas. »

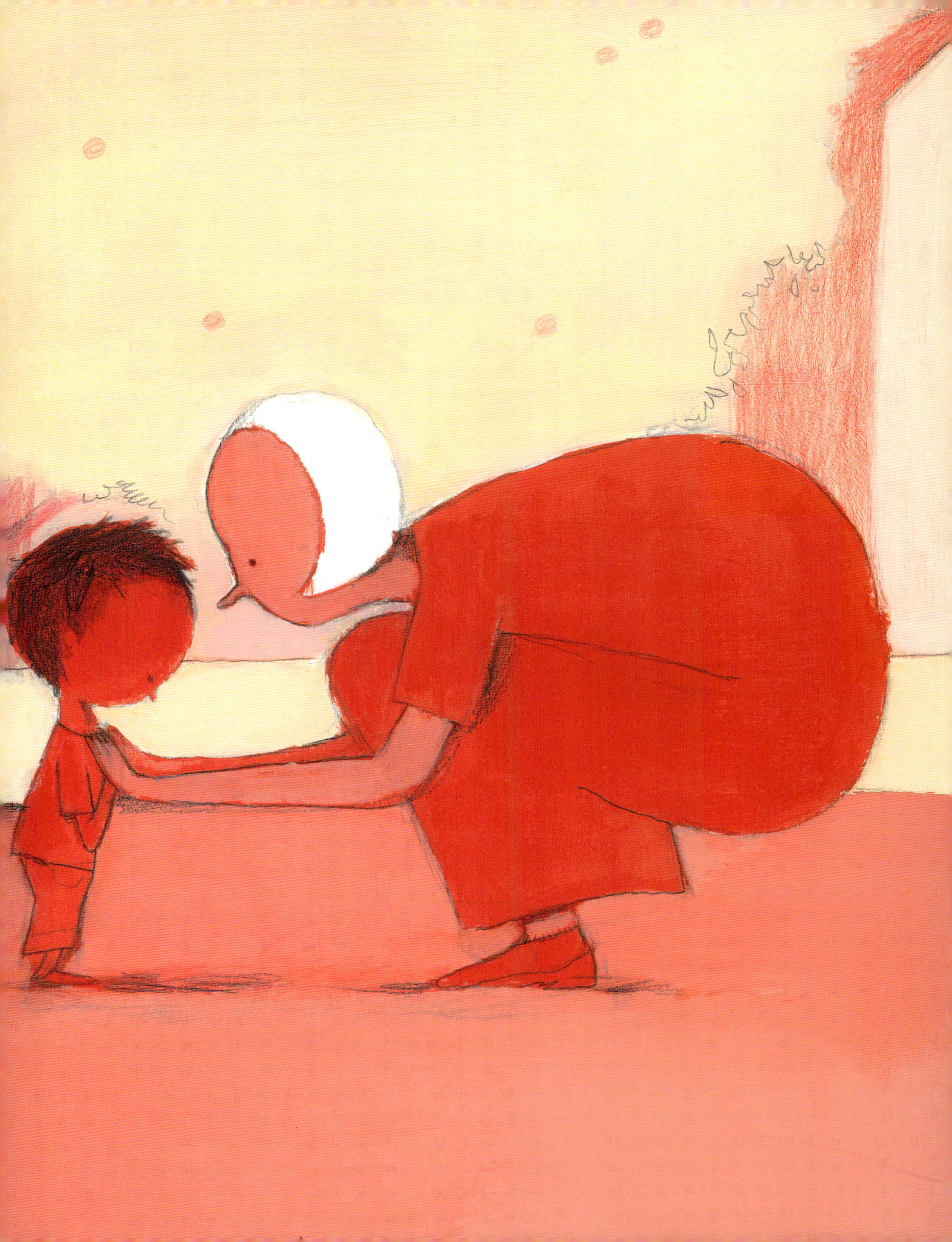

Elle doit mieux savoir que moi, mamie,
c'est quand même la mère de ma mère, alors elle sait, forcément...
J'ai tellement peur de l'oublier complètement que dès que je peux,
je cours, je cours devant moi, je cours jusqu'à ce que mes muscles
soient douloureux, jusqu'à ce que mon cœur batte si fort que j'ai du mal
à respirer mais juste avant qu'il n'explose.
Alors je sens maman qui tambourine très fort dans ma poitrine.

Mamie a montré à papa pour le zigzag du miel, il n'est pas très doué...
Je ne lui dis rien, il faut bien l'encourager
si je veux qu'il fasse des progrès.

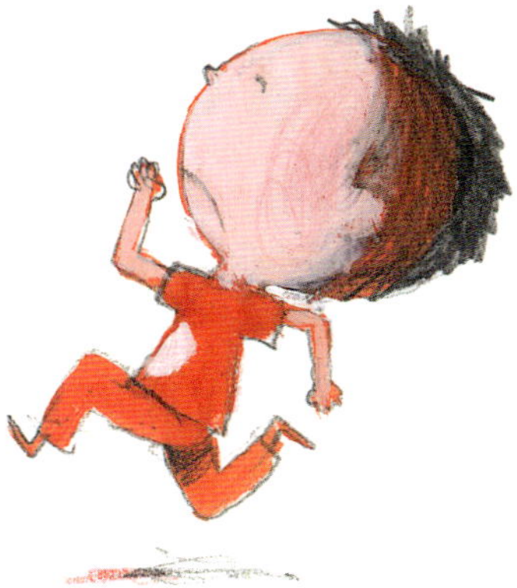

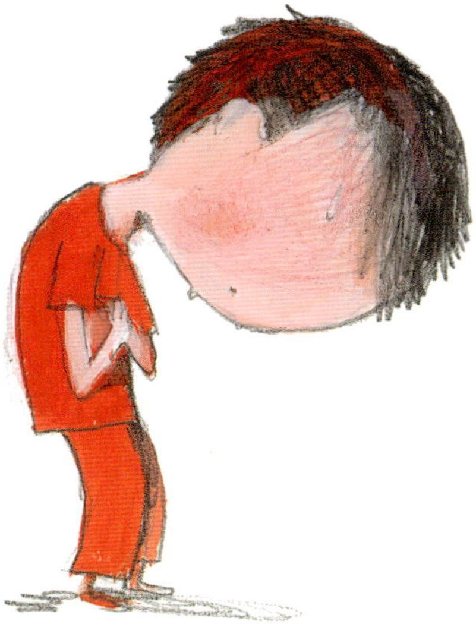

Maintenant, mamie est rentrée chez elle.

Ce matin, ça sent le café et la voix dans la radio crie qu'il va faire beau.
« C'est moi ! » j'ai hurlé du haut de l'escalier, ce qui est idiot,
il le sait bien, papa, qu'il n'y a plus que lui et moi,
mais ça l'a fait sourire.
Il m'a ouvert ses bras, je m'y suis jeté et mon cœur battait si fort
que j'ai eu l'impression qu'elle chuchotait : « Vas-y, mon gars, va... »

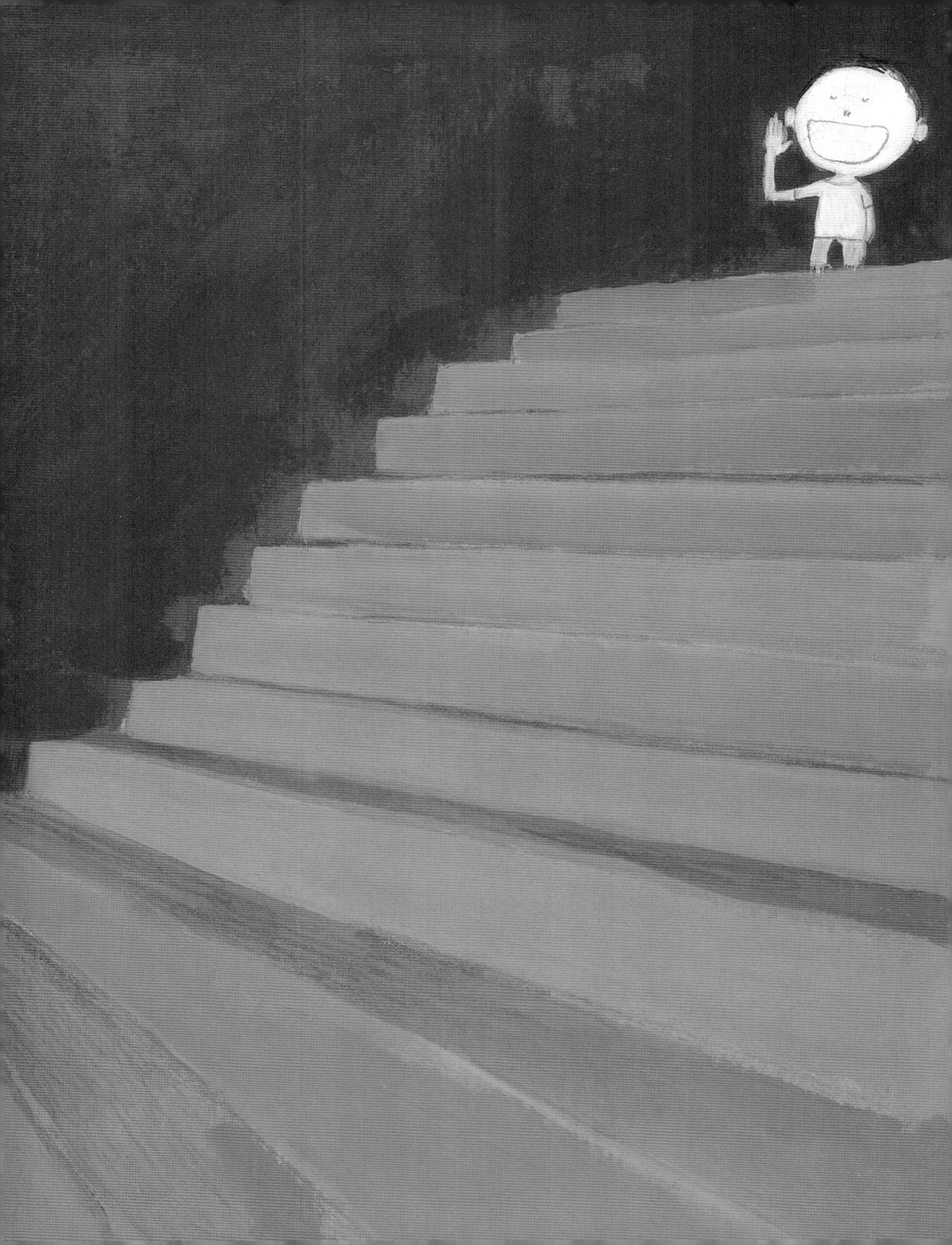

En me couchant ce soir, j'ai effleuré mon genou du bout de mon doigt,
la peau était toute lisse, toute neuve,
j'ai repoussé ma couette d'un coup de pied
et, en regardant de plus près, j'ai vu que la croûte n'y était plus,
je l'ai laissée cicatriser, sans m'en rendre compte.
J'ai hésité à pleurer et puis finalement, non.

J'ai laissé venir le sommeil, la main sur la poitrine.
Mon cœur battait tranquillement, paisiblement, ça m'a bercé.
Je me suis endormi.